FISCHER

Wenn Nietzsche wanderte, hatte er einen roten Regenschirm dabei. Er hatte ihn dabei, als er im Sommer 1881 in Sils Maria zu einer folgenschweren Wanderung aufbrach. Und er hatte ihn auch dabei, als er an der Jahreswende 1888/89 in Turin auf der Piazza Carlo Alberto ein Pferd umarmte und zusammenbrach. Der rote Regenschirm wird dann wohl auf dem Platz liegengeblieben sein. Denn, so Thomas Hürlimann, wer sich einem Pferd an den Hals wirft, läßt den Schirm fallen ... ›Nietzsches Regenschirm‹ folgt den Spuren des großen Philosophen von Sils Maria bis Turin und entzündet, ausgehend vom Bild des Regenschirms, ein wahres Feuerwerk an Geschichten und Ideen. Thomas Hürlimanns erzählerischer Spaziergang ist ein im besten Sinn witziger Text, der (auto-)biographisches Erzählen mit dem Erzählen von Philosophiegeschichte verbindet und uns so geistreich wie unterhaltsam das lehrt, was am Anfang allen Philosophierens steht: das Staunen.

Thomas Hürlimann, 1950 in Zug geboren, studierte Philosophie in Zürich und Berlin. Er ist Verfasser zahlreicher Theaterstücke, Erzählungen und Romane, zuletzt ›Vierzig Rosen‹ (2006). Sein Roman ›Der große Kater‹ wurde mit Bruno Ganz in der Hauptrolle verfilmt. Für sein Schaffen wurde Hürlimann mit zahlreichen Preisen ausgezeichnet, u. a. dem Rauriser Literaturpreis (1982), dem Joseph-Breitbach-Literaturpreis (2001), dem Jean-Paul-Preis (2003), dem Thomas-Mann-Preis (2012) und dem Hugo-Ball-Preis (2014). Er ist Korrespondierendes Mitglied der Bayerischen Akademie der Künste und Mitglied der Akademie der Künste Berlin. Seine Werke wurden in 21 Sprachen übersetzt. Thomas Hürlimann lebt in Berlin.

Weitere Informationen, auch zu E-Book-Ausgaben, finden Sie bei www.fischerverlage.de

THOMAS HÜRLIMANN

NIETZSCHES REGENSCHIRM

FISCHER

MIX
Papier aus verantwortungsvollen Quellen
FSC® C083411

Erschienen bei FISCHER Taschenbuch
Frankfurt am Main, September 2015

Covergestaltung: Hissmann, Heilmann, Hamburg
Umschlagabbildung: istockphoto / Stock vector © George Peters
Satz: Dörlemann Satz, Lemförde
Druck und Bindung: CPI books GmbH, Leck
Printed in Germany
ISBN 978-3-596-03599-1

NIETZSCHES REGENSCHIRM

Für Bruno Hitz

Sehr geehrte Damen und Herren,

ich bin kein Experte, und daß ich trotzdem vor Ihnen auftrete, muß ich mit einem Fragment Nietzsches über den »schauspielerischen Instinkt« rechtfertigen; es lautet: »Der Literat ist wesentlich Schauspieler – er spielt nämlich den ›Sachkunden‹, den ›Fachmann‹.« Sachkundiger und Fachmann in Anführungszeichen.

Um wenigstens als Schauspieler zu bestehen, behelfe ich mir mit einem Requisit aus dem Fundus des Nationalmuseums, einem roten Regenschirm, und ich werde Ihnen eine Figur vorstellen, die sich perfekt für eine Tragödie eignet. Oder für eine Komödie? Die Figur ist der Philosoph Friedrich Nietzsche. »Der Wanderer und sein Schatten« heißt eine seiner Schriften. Sie könnte auch heißen: Der Wanderer und sein Schirm. Aber nicht nur die Tatsache, daß dieser Wanderer mit seinem Schirm unterwegs war, gibt mir das Recht, das Thema Schirm mit Nietzsche zu verbinden – er selbst hat diese Verbindung hergestellt, und zwar in einem

Satz, der durch ein Colloquium und einen Text von Jacques Derrida berühmt geworden ist:

»›Ich habe meinen Schirm vergessen.‹«

Wohin der Satz gehört, weiß man nicht. Er fand sich in den ungedruckten Fragmenten und wurde in der großen Nietzsche-Ausgabe von Colli und Montinari unter der Ziffer 12, 175 herausgegeben. Der Satz steht völlig für sich allein, ohne Zusammenhang mit einem Entwurf oder Text, und er ist, was ihn von fast allen anderen Fragmenten / Schnipseln / Splittern unterscheidet, in Anführungszeichen gesetzt. »Vielleicht ein Zitat«, sagt Derrida.

»›Ich habe meinen Schirm vergessen.‹«

Ein vergessener Schirm in einem vergessenen Satz – wir werden darauf zurückkommen. Jetzt wird es allerdings Zeit, sich mit dem Wanderer und seinem Schirm auf den Weg zu machen. Er beginnt im Sommer 1881 in Sils Maria und endet an der Jahreswende 1888/89 in Turin, auf der Piazza Carlo Alberto. Auf dieser Strecke wird der Schirm der Zeiger sein, der mobile, manchmal schwebende Weiser, der uns führt, und sollte sich der Weiser unterwegs zur Entfaltung bringen, hätte ich meine Rolle als Fachmann in Anführungszeichen erfüllt.

Im Sommer 1881 ist Friedrich Nietzsche zum ersten Mal in Sils. Er wohnt im Haus am Waldrand, es geht ihm gut, das Oberengadiner Klima behagt ihm. »Das ist keine Schweiz«, hat er seinem Freund Peter Gast geschrieben, sondern »etwas viel Südlicheres, ich müßte schon nach den Hochebenen von Mexiko am Stillen Oceane gehen, um etwas Ähnliches zu finden ...« Hochebene. Hochgefühl. »Nie gab es einen Menschen, auf den das Wort ›niedergedrückt‹ weniger gepasst hätte«, schreibt er an die Mutter. »Mein Aussehen ist vortrefflich, meine Muskulatur infolge meines beständigen Marschierens fast die eines Soldaten, Magen und Unterleib in Ordnung ... mein Nervensystem ... prachtvoll.« Sollten im Haus am Waldrand, wo er ein karg eingerichtetes Zimmer bewohnt, mehrere Schirme im Ständer gesteckt haben, wird er seinen nicht suchen müssen: Es ist der rote.

Ja, an diesem Sommermorgen, da über den Bergen die reine Bläue prangt, hat Nietzsche sein Leben im Griff. Obwohl er sich in Basel, wo er eine Professur hat, nicht mehr sehen läßt, erhält er weiterhin sein Honorar; gesellschaftliche Verpflichtungen hat er gekappt; mit den wenigen Freunden verkehrt er per Post; selten erhalten auch Mutter und Schwester einen Brief, meistens ist es der förmliche Dank für ein Freßpaket, Würste aus der Heimat. Jetzt öffnet er die Tür, er tritt auf die Schwelle, und auf der Schwelle schwebt auch seine Existenz. Nietzsche ist bereit, seinen ersten Publikationen ein Werk folgen zu lassen, das, wie er ahnt, wie er hofft, wie er fürchtet, zu seinem Schicksal wird - und zum Schicksal der Menschheit. Ob er in diesem Moment zum Himmel aufblickt?

An dieser Stelle, vor dem Abmarsch, ist es nötig, kurz innezuhalten und zu erläutern, weshalb Wanderer in jener Zeit stets den Schirm mitnahmen und das Haus nicht verließen, ohne einen Blick nach oben zu werfen, zu den Wolken und zu den Göttern.

Für uns ist der Schirm, wenn wir ihn überhaupt noch benutzen, ein Sonnen- oder Regenschutz. Das war er ursprünglich auch, gewiß, seine wahre Bedeutung jedoch, seine eigentliche Funktion war eine andere. Der Schirm stammt aus der Tiefe der Jahrtausende und aus den Weiten Chinas, Indiens und Ägyptens. An seiner Form erkennen Sie, was er nachahmt: die Palme oder das Dach einer Pagode. Ursprünglich wurde dem Mächtigen, dem König, dem Priester oder Medizinmann ein Fächerdach aus Palmzweigen oder Straußenfedern hinterhergetragen, der ihn als höheres Wesen auszeichnete und über die anderen Menschen erhob. Der Schirm war also in erster Linie ein Rangabzeichen, und wie eine Krone mit funkelnden Edelsteinen auf den Sternenkranz verwies, verbanden die frühen Schirme das Haupt der Beschirmten mit dem Wipfel- und Vogelreich, mit anderen Worten: Sie waren nicht nur ein Zeichen des höheren Ranges, sie waren ein Zeichen der Transzendenz, der Metaphysik. Im Reich der Seide, in China, fand dieses Zeichen seine endgültige Gestalt. Man übernahm von den Zweigen die Äste oder von den Federn die Kiele, formte aus ihnen ein Skelett und bespannte dieses mit Seide, die dann innen und außen bemalt wurde, oft mit Vogel- und Sternenmotiven, ähnlich dem Strahlenkranz einer Madonna. So wurde aus dem Schirmdach ein mobiles Himmelsgewölbe en miniature, das den, der unter ihm wandelte, zum einen mit einem Heiligenschein versah (Schirme sind Heiligenscheine, sagte Georges Bataille), zum andern vor den Strahlen und Ergüssen des Himmels in Schutz nahm.

So viel zum Dach, jetzt ein Wort zum Griff und zum Stab.

Sie kennen den Äskulap- oder Bischofsstab. Er symbolisiert den Sieg des Menschen über die Erde. Er ist die Schlange, die der Mensch ihrem Reich entrissen und gebändigt hat. Die Schlange, ehedem sein gefährlichster Feind, muß dem Wanderer nun als Wanderstab dienen, der mit seinem Pochen die noch lebenden Tiere verscheuchen soll. Daß die Schlange kein Gift mehr versprüht, zeigt ihr Haupt, das oben am Stab in eine Rundung gezwungen ist, in einen circulus vitiosus: Die Schlange ist nicht nur gebannt, sie muß in dieser Bannung, in der Senkrechten, andeuten, daß sie sich in den eigenen Schwanz beißt.

Daraus ersehen Sie: Der Schirm ist ein »Mittelwesen«, wie der Philosoph Jacques Derrida sagt. Denn der Schirm schwebt oder spaziert zwischen Himmel und Erde, zwischen dem Firmament und dem Schlangengrund. Insofern hat er all jene Eigenschaften, die Thomas von Aquin den Engeln zuweist. Auch sie sind Mittelwesen. Sie vermitteln zwischen Gott und den Menschen. Sie können wandeln oder schweben. Sie begleiten uns, wie ein Schirm als Stock den Wanderer begleitet, und sie beschützen uns wie das Schirmdach seinen Träger vor Regen oder Sonne schützt. Manchmal greifen Engel auch tatkräftig in unser Leben ein, genau wie ein Schirm. Der bulgarische Geheimdienst benutzte ihn einmal als Waffe (in der Schirmspitze war eine Giftspritze versteckt); ein Junge im Struwwelpeter wird mit seinem Schirm zum fliegenden Robert, und der kleingewachsene Wanderer angelt mit dem Schirmgriff nach den Äpfeln, die für ihn zu hoch am Ast hängen.

Halten wir fest: Der Zauber- oder Machtstab, ursprünglich aus der Schlange entstanden, trägt ein Gewölbe, das aus dem Sternenzelt kommt. So ist der Schirm eine Vereinigung von Himmel und Erde, von oben und unten, also eine Art Engel: ein Mittelwesen.

Im alten Griechenland und in Rom wurde der Schirm fast nur von Frauen und bei religiösen Prozessionen getragen, was sich bis in unsere Tage, etwa in der Fronleichnamsprozession, erhalten hat – da ist der Baldachin ein mobiler Tempel für das Allerheiligste. Zum allgemeinen Gebrauchsgegenstand wurde der Schirm erst gegen Ende des 16. Jahrhunderts, und schon bald gab es den Schirmsklaven nur noch in den Kolonien und in der katholischen Kirche – der Bürger, auf seine Autonomie bedacht, trägt seinen Tempel selber. Aber an der vornehmen Form hat sich bis heute nichts geändert. Noch immer steckt im Schirm das Zepter des Regenten oder der Zauberstab des Medizinmannes, und noch immer wölbt sich im Schirmdach der Sternenhimmel.

Damit sind wir wieder bei Friedrich Nietzsche und bei der Frage, ob er vor dem Haus, bevor er losgeht, einen Blick nach oben schickt.

Ich sagte es bereits: Im Sommer 1881 bereitet sich in Nietzsche eine Wandlung vor. Er, der Pfarrerssohn, ist auf dem Sprung, seine Welt, seine Denkwelt zu verlassen. Wie sieht sie aus, diese Welt? Ihre Prägung hat sie von Aristoteles. Der fügte seinen Studien über die physische Welt Studien an, die über diese hinausgingen. Meta heißt griechisch »nach« oder »über«. Die Meta-Physik ist also das, was Platon, der Großdenker vor Aristoteles, das Reich der Ideen genannt hat, das ewige und wahrhafte Sein, das unser irdisches Dasein wie ein Himmel überwölbt. Nietzsche interessiert an diesem Modell hauptsächlich die Teilung. Er kann und will es nicht akzeptieren, daß Denken Unterscheiden heißt,

Trennen, Einteilen und Teilen. Mehr und mehr bezweifelt er, wie er sagt, »den Grundglauben der Metaphysiker … an die Gegensätze der Werthe«, und je intensiver er diesen Grundglauben befragt, desto deutlicher zeigt sich ihm der Riß. Denn er ist nicht nur im Gegensatz von Götter- und Menschenwelt, von Transzendenz und Immanenz, nein, der Riß ist überall, vor allem auch in ihm selbst. Er, Friedrich Nietzsche, ist ein Wesen mit hehren Gedanken und animalischen Trieben, das heißt: Er ist ganz und gar die Teilung, nämlich, wie er sich selber charakterisiert, ein »philosophisches Thier«, das »seine Nüstern nach innen hat«.

Diese Entdeckung war zu jener Zeit eine Sensation, und um dies zu verstehen, müssen wir uns klar machen, daß vor Nietzsche noch kein Philosoph auf die Idee gekommen war, seine Nüstern zu erkennen und mit ihnen nach innen zu wittern. Nicht zufällig hat man das Denken stets mit einem Gebäude verglichen. Fundamental für das Gebäude war die Teilung. Es bestand seit eh und je aus einer irdischen und einer Über-Welt. So war die Teilung für die Philosophie sehr wohl ein Thema, sie war *das* Thema, aber Nietzsche ist der erste, der sie in seinen »Eingeweiden« aufspürt. Er ist der erste, der mit Nüstern philosophiert, und zwar mit

Nüstern nach innen, und was für ein gewaltiges Unternehmen das war, zeigt allein die Tatsache, daß Nietzsche völlig neue Begriffe in die Philosophie einführte. Ihn interessierte die eigene Verdauung mehr als die Idee der Unsterblichkeit. Er weigerte sich, moralisch über Triebe zu reden. Er leitete die Erkenntnis aus Affekten her und mokierte sich über eine Ethik, die ihren Katechismus aus dem Reich der Ideen deduzierte. Erkennen hieß für Nietzsche: Mit Nüstern nach innen wittern und dort den Riß entdecken, den das Abendland ins Große Ganze verlegt hatte, in eine Teilung von irdischem und überirdischem Reich, in eine Trennung von Götterhimmel und Menschenwelt. Friedrich Nietzsche hat der Philosophie einen neuen Kontinent erobert, und dieser Kontinent war zuallererst er selbst, sein Fleisch und sein Blut, seine Herkunft aus dem Pfarrhaus und der Versuch, im antiken Griechenland und in den Wagner-Opern neue Götter zu finden. Gottfried Benn wird später schreiben: »Sein Sichversagen ... jeden allgemeinen Grundes, seine Aufstellung der Triebpsychologie, des Konstitutionellen als Motiv, der Physiologie als Dialektik – ... die ganze Psychoanalyse, der ganze Existentialismus, alles dies ist seine Tat.«

Ja, alles dies ist seine Tat. Weil er dem »Grundglauben an die Gegensätze der Werthe« mißtraute, stellte er sich die Frage, wie dieser Grundglaube über die Menschen gekommen war, und die Antwort auf die Frage hieß: Er wurde uns nicht vom Himmel gesandt, er entstand aus uns selbst. Wir sind die Teilung. Ich bin die Teilung. Und so lange das Ich die Teilung im Großen Ganzen vermutet, nicht in sich selbst, hockt es in der Falle seiner Täuschung, seiner Illusion.

Meine Frage war: Blickt er vor der Schwelle zum Himmel auf?

Ja, doch ist es nicht der Blick des Frommen, der seinen Wandel Gott empfiehlt, es ist der Blick des »philosophischen Thiers«, das auf dem Sprung ist, die Falle der Illusion zu verlassen. Insofern, denke ich, gefällt es dem Wanderer, seine Hand um den Schirmgriff zu schmiegen, um das gerundete Haupt der erstarrten Schlange. Das entspricht seinem Machtwillen, seinem Sendungsbewußtsein, seiner Leib- und Lebensphilosophie, seinem Gesundheitsfanatismus: »Aussehen vortrefflich«, »Magen und Unterleib in Ordnung«, »Nervenkostüm prachtvoll«. Er ist gut unterwegs, noch hat der Wanderer sein Denken und sein Leben so sicher im Griff wie den roten Schirm. Aber vergessen wir nicht: Das »philosophische Thier« möchte der Illusionsfalle entschlüpfen, es tigert neuen Ufern entgegen, und dieses Ufer erwarten das Thier, wie wir gleich sehen werden, beim Stein von Surlej am Bergsee von Silvaplana. Dort wird sich etwas Ungeheures ereignen. Nietzsche wird den roten Schirm aufspannen und aufbrechen ins Land Zarathustras.

Sehr geehrte Damen und Herren, ich habe Ihnen viel zugemutet, Sie haben eine kleine Erholung nötig, deshalb erlaube ich mir an dieser Stelle eine Abschweifung – eine Erinnerung an meinen Kater Mufti und dessen Schweif.

Mufti, der Kater, hatte in der Nähe von Zürich auf einer Baustelle gelebt, wo er von Bauarbeitern gefüttert wurde. Aber nun, im dunklen November, war das Haus fertig geworden, die Arbeiter hatten ihre Baracke auf einen Lastwagen verladen und waren verschwunden. Mufti blieb allein zurück. Hungrig. Frierend. Eines Nachts drang er in die Parterre-Wohnung eines Mehrfamilienhauses ein und verkroch sich unter dem Doppelbett eines jüngeren Paars. Manchmal tauchte er auf, um sich etwas zum Essen zu schnappen, und schließlich wurde uns klar, daß dieser Kater sanft entschlossen war, bei uns zu überwintern. Das verletzte den Mietvertrag. Keine Haustiere. Fristlose Kündigung. Wir zogen in die Gegend von Einsiedeln – dort kannte ich mich seit Klosterschulzeiten aus und fand ohne Problem ein Haus für Frau und Kater. Es lag am Waldrand, die Aussicht über den Sihlsee war großartig – der kluge Kater Mufti hatte uns zwar einigen Ärger, jedoch ein neues Leben beschert.

Ähnlich wie für uns, die noch nie auf dem Land gelebt hatten, war das Revier auch für Kater Mufti neu und fremd. Er fürchtete die Wildnis, all die Füchse und Dachse, und so nahm er die Gewohnheit an, mich auf meinen Spaziergängen zu begleiten. Kater Mufti folgte mir wie ein Hund. Eines Tages sah es nach Regen aus, ich nahm einen Schirm mit, und der schöne Zufall wollte es, daß ich das Winken eines Bauern mit dem Schwenken meines Schirms beantwortete. Im Augenblick stand Mufti starr, mit hochgerecktem Schweif, der wie ein Ausrufezeichen »Gefahr!« signalisierte. Fortan hatte ich den Schirm stets dabei, wie einen Spazierstock, denn damit war es möglich, sogar die weiter unten gelegene Sihlsee-Straße zu überqueren. Näherte sich ein Auto, zückte ich den Schirm, Mufti reckte den

Schwanz, und beide blieben wir am Straßenrand stehen, bis das Auto vorbeigerast war. Auf sprachliche Kommandos reagierte Mufti kaum, aber mein Schirmsignal hat er kein einziges Mal übersehen. Ich konnte sogar länger warten, als es unbedingt nötig war, denn erst, wenn ich den Schirm senkte, ließ Mufti den Schweif sinken, und ungefährdet wechselten wir auf die andere Seite; Ende der Abschweifung.

Nietzsche ist kurz davor, das Ufer zu erreichen, die Grenze zum Land Zarathustras. Vom Maloja her jagen schwarze Wolken durchs Tal, der kleine Bergsee schäumt, gleich fallen die ersten Tropfen. Da zückt der soldatische Wanderer, der nicht ans Umkehren denkt, den roten Schirm – und erschrickt: Kieselsteine regnen auf ihn herab. Die Geschichte ist verbürgt. Mein Freund, der Schriftsteller Jürg Acklin, hat sie als Kind von einem Silser Hotelportier erzählt bekommen, und 1967 erwähnt sie Theodor Adorno, ein häufiger Gast des Hotels »Waldhaus«, in seinen »Parva Aesthetica«. Spitzbuben sollen öfter Steinchen in den abgestellten roten Regenschirm des schnauzbärtigen Herrn Professors gefüllt haben, so daß der beim Aufklappen ein Geriesel eigener Art auslöste – sein mobiles Himmelsgewölbe schüttete Steinchen über ihm aus.

Vielleicht dürfen wir diesem lächerlichen Vorgang doch eine gewisse Bedeutung geben. Der Geschichte des Schirms haben wir entnommen, daß sein Dach ursprünglich ein kleiner Himmel war. Insofern könnte der Kieselregen aus dem aufgeklappten Schirm eine letzte Warnung gewesen sein: Paß auf, Nietzsche, wenn du das Gewölbe zum Einsturz bringst, wird es dich erschlagen.

Ob er den Wink beachtet hat?

Auch das wissen wir nicht. Aber wir wissen: Er kehrte nicht um, er ging weiter, trotz Regen, trotz Sturm, mit aufgespanntem Schirm, und dieser Schirm soll uns nun helfen, das Ungeheuerliche, das beim Stein von Surlej geschah, zu verstehen.

Erinnern wir uns: Seitdem der Mensch denkt, steht er in der Teilung. Für Parmenides war es eine Teilung in Sein und Nichts. Platon erkannte in der irdischen Realität einen Abglanz der Ideen, der wahren Wirklichkeit. Der heilige Augustinus und Thomas von Aquin stellten das Reich Gottes über jenes der Menschen. Kant stülpte das transzendentale Subjekt über das empirische. Und selbst Hegel, der Sein und Bewußtsein in einem dialektischen Prozeß einer absoluten Versöhnung entgegentrieb, ging vom uralten Grundglauben aus, vom Gegensatz der Werte. Teilung, dürfen wir sagen, war immer. An dieser Teilung nahm auch Nietzsche teil, der Wanderer im Sturm, doch war er der erste, der sie in seine Eingeweide verlegte, in seine Existenz. Mit seinen Nüstern nach innen witternd, entdeckte er, daß die fundamentale Teilung nicht aus reiner Erkenntnis kommen kann, sondern umgekehrt: Unsere unreinen Triebe und Affekte haben ein Welt- und Denkgebäude erschaffen, worin wir uns selber eingesperrt haben, wie in ein Gefängnis, wie in eine Falle. Der Grund-Riß sind wir selbst. Ich bin der Grund-Riß. Aus meiner Unreinheit kommt der vermeintlich reine Überbau, aber eben, er kommt aus mir, aus dem Unreinen, und so ist alles, was Überbau ist, sei's bei Augustinus, Thomas, Hegel oder den Marxisten, nichts als Täuschung, Illusion, Wahn.

Und jetzt, lieber Schirm, mußt du mir helfen. Laß mich bitte nicht im Regen stehen. Entfalte uns, was beim Stein von Surlej geschah. Eine erste Schirm-Entfaltung überlasse ich Jacques Derrida, dem Meisterdenker. Die zweite werde ich nietzscheanisch größenwahnsinnig selber unternehmen.

Zuerst Derrida. Er unternimmt den Versuch, das »Schirmsymbol ›psychoanalytisch‹ zu enthüllen«, eine Operation, die dem Psychoanalyse-Erfinder Nietzsche völlig adäquat ist und, drastisch verkürzt, etwa so verläuft:

Derrida nimmt den Begriff »Wahrheit«, einen transzendentalen Begriff, und weist mit vielen Belegstellen nach, daß Wahrheit für Nietzsche ein Weib ist, ein weiblicher Schleier, ein weibliches Segel, das vom Triebreich, von den Affekten, getragen und aufgespannt wird. In diesem Zusammenhang zitiert Derrida Sigmund Freud: »Der Penis ist der normale Prototyp des Fetisch.« Natürlich steckt dieser Prototyp auch im Schirm, im Schirmstab, weshalb Derrida vorschlägt, ihn als den »hermaphroditischen Sporn eines schamhaft in seine Schleier verhüllten Phallus« anzusehen. So wird das Schirmsymbol für Derrida zum Bild eines aufgespießten Wahrheitsbegriffs. Der phallische Stab, sprich der Trieb, der Affekt, entfaltet und durchstößt eine ursprünglich transzendentale Wahrheit, die in Wahrheit ein Schleier ist, schwebende Oberfläche, ein defloriertes Hymen.

Derridas Zentral- und Stichwort habe ich Ihnen bereits genannt. Für ihn ist der Schirm ein »Mittelwesen«, schwebend zwischen Transzendenz und Immanenz, zwischen Himmel und Erde. So vereint er in »gespenstischer Schönheit«, wie Derrida sagt, beide Hälften, beide Welten. Das aber bedeutet: Indem der hermaphroditische Sporn sich enthüllt und den Schleier entfaltet, überwindet Nietzsche den in sich entdeckten Grund-Riß. Seine Wahrheit bildet zwar noch immer das Himmelsgewölbe ab, doch ist sie nicht mehr rein, im Gegenteil, sie wird onanistisch aufgespannt von eigener Hand, aus eigenem Trieb und Affekt, und entbirgt sich in ihrer Entfaltung als Schleier, als Enthüllung, als Defloration einer Illusion.

Jetzt der eigene Versuch. Was Derrida psychoanalytisch enthüllte, möchte ich mythisch verschleiern, und wie Derrida mit der Schirm-Entfaltung in den Kern, in den Riß von Nietzsches Denken vorstößt, hoffe ich mit einer Verschleierung, die Derrida nachahmt und ergänzt, andeuten zu können, was das Ungeheuerliche war, das sich beim Stein von Surlej ereignet hat.

In seinen Schriften beschwört Nietzsche immer wieder die Schlange und den Adler. Sie sind gleichsam seine

Wappentiere. Das eine dieser beiden Tiere, die gebannte Schlange, steckt im Stab und im Griff, und so liegt die Vermutung nahe, daß im Schirmdach der Adler seine Flügel ausspannt.

Seit den Anfängen war es der Ehrgeiz der Schirmmacher, das Dach möglichst leicht zu konstruieren, leicht und stabil zugleich, aber auch elastisch, wind- und wettertauglich, weshalb die Schirmdächer früherer Zeiten ein Flügelskelett enthielten, ein Palmengezweig aus Federkielen. Dieses Gezweig hat die moderne Schirmfabrikation, die dem Handwerklichen fast ganz entzogen ist, durch Drähte ersetzt, aber im Wort Kiel hat sich die schwebende Zugehörigkeit des Schirms zur Vogelwelt bis heute erhalten.

Meines Wissens war Jacques Derrida nie zu Gast im Hotel »Waldhaus« in Sils Maria. Er ist also nie, wie der fünfjährige Jürg Acklin oder der urlaubende Theodor Adorno, einem Hotelportier begegnet, der ihm sagen konnte, daß Nietzsches Regenschirm rot war. Schade, sehr schade, denn das blutrote Dach hätte sich gut in Derridas Schleier-Interpretation eingefügt. Aber auch unsere Interpretation wird durch die Blutfarbe bestätigt. Der Adlerflügel ist aufgespießt. Die Schwinge blutet. Ja, in diesem »Mittelwesen«, das aus der erstarrten Schlange und dem ausgespannten Adlerflügel zusammengesetzt ist, vollzieht sich ein Sterben, das sich mit jedem Aufklappen des Schirmdachs wiederholt. Aischylos faßt das Sterben des Adlers an der Schlange in diese Worte: »So, sprach der Adler, als er an dem Pfeil, der seine Schwinge durchbohrte, das Blut erblickte, so sind wir keinem andern erlegen als der eigenen Schwinge.«

Was für ein Adlerwort, und wahrhaftig, es ist das Nietzschewort, es ist das Wort für das ungeheuerliche Geschehen beim Stein von Surlej, es ist der Aufsturz in das Land Zarathustras.

Noch einmal ein kleiner Sprung zurück.

Nachdem Nietzsche den Überbau, die Oberwelt, das Transzendente als eine aus den eigenen Affekten entsprungene Illusion erkannt hatte, war er dabei, eine Umwertung der Werte vorzunehmen. Was bisher rein war, die Idee Gottes oder einer höheren Wahrheit, war nun unrein. Und was bisher unrein war, etwa der Egoismus oder die Lüge, kam ihm auf einmal rein vor, das war seinen Eingeweiden gemäß, das empfand er als natürlich. Damit, wie gesagt, hatte er der Philosophie einen neuen Kontinent erschlossen, den Menschen mit seinen Trieben, seinen Lüsten und Schmerzen, sich selbst, Friedrich Nietzsche. Aber bis zu diesem Moment war die fundamentale Teilung noch nicht aufgehoben. Im Gegenteil: Zwischen Rein und Unrein, zwischen Wahr und Falsch, zwischen Gut und Böse verlief noch immer die alte Grenze, nur verlief sie jetzt in ihm selbst, im philosophischen Tier. Das heißt: bis zu diesem Punkt hat er *nach*gedacht, er war hinter dem Denken her. Er wertete zwar um, aber die Umwertung ging vom alten Grundglauben aus, vom »Grundglauben an die Gegensätze der Werthe«. Jetzt geschieht das Neue. Beim Stein von Surlej vollzieht sich die *totale* Umwertung. In diesem Moment, schreibt Nietzsche später, sei etwas geschehen, das ihn »im Tiefsten erschüttert und umgeworfen« habe. Er denkt nicht mehr nach, nein, der Gedanke stürzt aus eigener Kraft auf den Wanderer ein und spricht: In dir, Friedrich Nietzsche, ist die uralte Trennung aufgehoben. In dir gibt es keine Grenze mehr, keine Teilung in eine Götter- und Menschenwelt. Du bist wahrhaft ein In-dividuum, ein ungeteiltes Wesen, aber das hat Konsequenzen, mein Lieber. Du bist ein Diesseits, das ein Jenseits ist, du bist ein Jenseits, das ein Diesseits ist. Gott ist tot, in dir gestorben. Die Seele ist tot, in dir verfault. Du bist erlegen. Du bist erlegen der eigenen Schwinge, aber du fliegst noch, dein Flügel rauscht, du bist ein lebender Toter. Ja, Friedrich Nietzsche, dein roter Schirm, an dem der Sturmwind von Maloja reißt, enthüllt deine fatale Lage, dein ungeheuerliches Schicksal, deine Schicksalshaftigkeit für die gesamte Menschheit: Du sagst deinen Tod aus und mußt dieser Aussage die Tatsache entnehmen, daß dein Totsein Leben ist, ein Nachleben, eine irdische Ewigkeit, die Wiederkehr des ewig Gleichen.

Zweite Abschweifung, wieder mit Kater Mufti.

Nachdem Mufti das Revier zwischen Sihlseeufer und Waldrand kennengelernt hatte, kehrte er die Rollen um. Nun pflegte *er* vorauszutigern, und ich spazierte hinter ihm her. Die Wanderung begann ungefähr eine Stunde vor der Dämmerung. Mufti stieß mich mit seiner Schnauze an oder maunzte, bis ich den Schirm ergriff, dann zog er los, ab in den Wald, und wenn ich jemals im Leben einen konsequenten Lehrer hatte, dann war es dieser Kater. Er führte mich in das Geheimnis der Wiederholung ein. Er lehrte mich, wieder und immer wieder denselben Weg zu gehen. Er, der Schweifträger, erlaubte sich Abschweifungen nur dann, wenn

Gefahr drohte, und wie ich bald merkte, wurde die täglich wiederholte Strecke durch die Wiederholung nicht langweiliger, vielmehr spannender von Gang zu Gang. Denn jeder Punkt, der angepeilt und kurz beschnuppert wurde, teilte nicht nur seinen gegenwärtigen Zustand mit, sondern auch das, was sich von gestern auf heute an ihm verändert hatte. Auf den bemoosten Baumstrunk war über Nacht ein welkes Blatt gefallen, und während wir es betrachteten, wohl wissend, daß es der Wind morgen weggeweht haben würde, fiel uns zudem noch ein, daß die Ameisen, die hier einen ganzen Sommer lang eine Heerstraße unterhalten hatten, seit drei Tagen verschwunden waren. Mit anderen Worten: Da wir dem Baumstrunk Tag für Tag begegneten, entbarg er uns sein Leben, seine Geschichte, und so wurden wir beide, Mufti und ich, auf diesen Gängen so müde, wie ich sonst nur in Ausstellungen müde werde, auf Gängen durch Museen. Woher kommt sie, die Museumsmüdigkeit? Ein Bild oder eine Statue enthält konzentrierte Zeit. Picasso malt eine Frau von verschiedenen Seiten, mit mehreren Gesichtern, also müßten wir jahrelang mit dieser Frau leben, immer wieder um sie herum gehen, sie kniend anbeten oder von oben herab verachten, bis wir nur annähernd so viel von ihr wüßten, wie uns Picasso auf einer einzigen Leinwand zeigt. Picasso setzt uns ins Bild. Das Bild nimmt uns wahr. In wenigen Minuten sind wir einer Konzentration ausgesetzt, die wir im Alltag nie oder nur selten erleben, weshalb man beim Schauen und Staunen so müde wird, als hätte man eine gewaltige Leistung vollbracht. Kamen Mufti und ich nach Hause, stellte ich den Schirm in die Ecke, und Kater Mufti, indem er sich zu einem Schläfchen einrollte, legte den Schwanz um sein Schnäuzchen; Ende der Abschweifung.

Friedrich Nietzsche wanderte mit dem Regenschirm weiter, vom Engadin nach Italien, von Italien wieder ins Engadin, ein Buch folgte auf das andere, er schrieb »Jenseits von Gut und Böse« und »Also sprach Zarathustra«, sein Augenlicht nahm ab, sein Gang wurde zum Lauf, zum Sturmlauf, einsamer verzweifelter heimatloser von Jahr zu Jahr ging Nietzsche dahin.

Bei Surlej ist ihm wie ein Blitz der Gedanke gekommen, daß es eine Grenze zwischen den beiden Welten nicht gibt, daß die vermeintliche Oberwelt und unsere Unterwelt dasselbe sind. Deshalb bezeichnet sich Nietzsche als ersten Nihilisten. Die Heimat der Seele ist verloren, das einstmals göttliche Sein ist nun eine trostlose Umgebung, die nur der auszuhalten vermag, der sich seinen Seelentod eingesteht und trotzdem weiterexistiert. Er existiert in der Leere. Ek-sistere, sagt Heidegger, ist das Hinausstehen in die Nacht des Nichts. Es ist ein einsames Stehen. Es ist eine Postexistenz, ein Nach-Leben im tragischen Bewußtsein, daß die Götter gefallen sind und daß der Mensch seine Seele ausgehaucht hat. »So, sprach der Adler, als er an dem Pfeil, der seine Schwinge durchbohrte, das Blut erblickte, so sind wir keinem andern erlegen als der eigenen Schwinge.« Aber eben, der Flügel rauscht noch, und die irdische Welt bleibt bestehen, wie ein Museum, worin wir Nach- oder Übermenschen, wir Pseudogötter das Götterspiel, das Schöpfungsgeschehen, wiederholen müssen: indem wir uns selber erschaffen. »Werde der, der du bist«, sagt Zarathustra. Verwirkliche dich selbst, sagen Therapeuten. In den meisten Fällen haben sie keine Ahnung, was sie damit sagen. Nietzsche hat es gewußt. Du entdeckst dich selbst als himmellosen Engel, als eine einsame Gestalt, die, friedlos und immer unbefriedigt, von animalischen Trieben dazu verführt wird, illusionäre Heimaten zu schaffen.

Es muß mit aller Deutlichkeit gesagt werden: Nietzsches Wille zur Macht oder sein Übermensch waren nie, nicht in einem einzigen Satz, ein politisches oder gar ein rassisches Programm. Der Übermensch als blonder, blauäugiger Germane – das hat mit Nietzsches Denken nicht das geringste zu tun. Nein, der Übermensch ist der Untote, der den Willen und die Macht hat, weiterzuexistieren in der entgötterten Welt. Es ist ein atemloses Existieren, nun wirft Nietzsche wie wild mit Büchern und Sätzen um sich. Er verhöhnt die Religion als »Karneval großen Stils«, als »höchsten Blödsinn«, und er klagt zugleich: »Weh dem, der keine Heimat hat.« Er kann sich, wie Heidegger sagt, aus der Geschichte der Metaphysik nicht herauswinden. Er wird zum Borderliner der Transzendenz. Sein Hohn beschwört den toten Gott inbrünstiger als der frömmste Gläubige, das heißt: Er kommt vom Kreuz nicht los. Er trägt es vor sich her. Nietzsches roter Regenschirm, meine Damen und Herren, ist ein Kreuz, bestehend aus dem Schlangenstab und dem ewig verblutenden Adlerflügel, und es ist zugleich die Parodie des Kreuzes, seine aristophanische Verspottung, nämlich ein frivoles Theaterrequisit, das das einstmal Heilige Zeichen herunter holt zum Fetisch, zu einem enthüllten, in sein Hymen verspießten Schwanz.

Eine Anmerkung: Inzwischen hat sogar dieses Phalluszeichen abgedankt. Wie die Kreuze fallen, fallen auch die Schirme. Der Sonnen- und Regenschutz ist auf der reinen Nützlichkeitsebene gelandet. Der Schirm hat nach einer mehrtausendjährigen Geschichte sein Ende erreicht. Er begann als Nachahmung des Pagodendachs in China, als Nachahmung der Palme in Ägypten. Er wurde zum mobilen Bürgertempel. Und heute? Heute ist der Schirm wie ein dementer Greis auf seine Lall- und Kriechstufe zurückgefallen. Er wurde zum Knirps. Kein gerundeter Griff mehr, die Stange teleskopierbar, wird hauptsächlich von Frauen benutzt und hat in einer Handtasche Platz. Ende der Anmerkung.

Meine Damen und Herren, wir nähern uns Turin, der letzten Station.

Erich Heller weist in einem grandiosen Essay nach, daß Rilke Nietzsches Übermenschen im Engel gestaltet hat. »Jeder Engel ist schrecklich«, heißt es in den »Duineser Elegien«, und er ist deshalb schrecklich, weil er schrecklich lächerlich ist, nämlich ein Engel ohne Himmel, ein Post- oder Nach-Engel. In der letzten Strophe seines letzten Gedichts dichtet Rilke: »Über dem Nirgendsein spannt sich das Überall«. Ein Adlerwort, ein Nietzschewort. Wenn der »Grundglaube der Metaphysiker an die Gegensätze der Werthe« aufgehoben ist, wenn sich über der irdischen Welt keine überirdische mehr wölbt, spannt sich das Überall über das Nirgendssein. Gewiß, die Falle ist offen, die Teilung ist aufgehoben, aber das heißt in der brutalen Konsequenz, daß der Engel ohne Himmel und der Mensch ohne Seele ist, und es heißt auch, mit Heidegger gesagt: daß sich mit der Ent-Fernung der Grenze zwar die Ferne entfernt hat, aber nicht die Metaphysik - der Prozeß des Entfernens gehört noch immer zu ihrer Geschichte. Denn solange wir von der Teilung reden, solange bleibt sie da, solange sind die Teile noch wirksam, und es ist eine gefährliche Wirksamkeit, gefährlich insofern, als die Teile, die nach wie vor in die Mitteilung drängen, im Überall oder Nirgendssein verschwunden sind. In »Jenseits von Gut und Böse« definiert Nietzsche diese Gegend als »gefährliches Vielleicht«, und natürlich war es dem Wanderer zwischen dem Stein von Surlej und der Turiner Piazza stets bewußt, daß es verdammt schwierig ist, ausgerechnet im Vielleicht sich selbst finden zu müssen, ausgerechnet im Ungespurten eine pseudogöttliche Selbstschöpfung hinzukriegen. Wieder mit Heidegger: Es ist das verzweifelte Hinausstehen in die Nacht des Nichts. Unbeschirmte Schirmexistenz.

Ich vermute, daß Nietzsche versucht hat, zur alten Teilung zurückzukehren. Um den Urgrund der Teilung in sich selbst *wieder*zufinden, war er bereit, zugrunde zu gehen. Aber wie soll einer zugrunde gehen, wenn er schon tot ist? Die absolute Gewißheit, die ihn beim Stein von Surlej überfallen und umgeworfen hatte, ließ sich nie mehr wegdenken. Es war the point of no return. Das Individuum kennt keine Kernspaltung. Also blieb ihm nur eines: Er mußte sein Programm mit letzter Konsequenz ausleben und jene Werte, die er als rein, als natürlich erkannt hatte, voll und ganz in die Tat umsetzen. Ohne Scham. Ohne Hemmung. Ohne das, was man bürgerlichen Anstand oder christliche Moral nannte. So schrieb er »Ecce homo. Wie man wird, was man ist« und gab darin seinen Trieben freien Lauf. Die Kapitel-Überschriften lauten: »Warum ich so weise bin.« »Warum ich so klug bin.« »Warum ich so gute Bücher schreibe.« Und schließlich: »Warum ich ein Schicksal bin.« Die letzten beiden Kapitel blieben ungeschrieben, er konnte sie nur noch entwerfen, nur noch leben, ihre Titel sind Fanfarenstöße: »Kriegserklärung« und: »Der Hammer redet.«

Im Herbst 1888 hat Nietzsche Turin erreicht. Täglich rennt er mit dem roten Schirm durch die Stadt und den

Po entlang, und liest man die Briefe aus jener Zeit, stellt man fest, daß er fast erblindet sein muß. Die Beschreibung von Stadt und Leuten bleibt abstrakt, die Farben verklären sich, und jede Musik, sogar das dumpfe Geschmetter einer Blaskapelle, wird ihm zu einem Ereignis, das ihn zu Tränen rührt. Wie seinerzeit, vor sieben Jahren, im ersten Silser Sommer, bahnt sich im Turiner Herbst etwas an, das ihn überfallen und umwerfen und vielleicht sogar erlösen wird. Auf einmal erfaßt ihn eine große Heiterkeit, eine Art Rausch – es muß ein ähnlicher Rausch gewesen sein, wie ihn Rilke erlebte, als er die »Duineser Elegien« schrieb. Beiden, dem Denker Nietzsche und dem Dichter Rilke, widerfährt in der Verzweiflung das Glück, daß der Verlust der Grenze auch ein Gewinn ist. Wenn es keine Teilung mehr gibt, wird man eins mit der Wirklichkeit, mit der der Welt. »Und dabei wird mir immer klarer«, schreibt Rilke (ich zitiere nach Erich Heller), »daß ich gar nicht von den Dingen rede, sondern davon, was ich durch sie geworden bin.« Denken Fühlen Schauen Staunen Dinge Welt alles eins. »Alle Dinge«, heißt es im Zarathustra, »kommen liebkosend zu deiner Rede.« Bei Rilke wird »Gesang« zum »Dasein«, Dasein zum Gesang. Keine Teilung mehr, keine Grenze: »Der Abgrund«, singt Rilke, ist verwoben in »das geflügelte Entzücken.«

Gestatten Sie mir, da wir am Ende angelangt sind, eine kurze Rückschau.

Nietzsche witterte in sich, im »philosophischen Thier«, die fundamentale Teilung des abendländischen Denkens - das war die erste Station. Am Stein von Surlej wurde ihm der Blitzgedanke zuteil, daß er wirklich und wahrhaftig ein In-dividuum ist, nämlich ein Wesen, das nicht in Leib und Seele geteilt, sondern eins ist. Damit war Gott tot, die alte Heimat verloren, er aber, der Über- und Nachmensch, mußte im Unbegrenzten, im »gefährlichen Vielleicht«, weiterexistieren - das war die zweite Station. Und die dritte?

Im Mai 1998 hatte ich auf der Brücke über dem Sihlsee einen Autounfall. Ich kroch aus dem Wrack und schleppte mich ans Ufer. In meiner Schläfe steckte ein Zacken aus der Frontscheibe, ein gläsernes Horn - ich blutete wie ein Schwein. Von meinen acht Litern, stellte sich später heraus, habe ich fast die Hälfte verloren. Mein Hautsack floß aus. Am Dorfrand erreichte ich mit versiegender Kraft ein Mehrfamilienhaus, wo ich sämtliche Klingeln drückte - vergeblich, es war zwei Uhr nachts, die Welt schlief. Ich gab auf, wankte zum nahen Friedhof und setzte mich an dessen Mauer zum Sterben hin. Ich hatte stets befürchtet, in meinen letzten Minuten von religiösen Ängsten aus Kinderzeiten eingeholt zu werden. Aber was ich jetzt erlebte, war nicht Angst, es war die pure Freude, eine absolute Hochstimmung, denn die Dinge luden sich auf, sie begannen zu leuchten und gewannen eine Prägnanz, wie ich sie noch nie gesehen hatte. Ein weißer Straßenpfosten zeigte sich als ideale Form. Ich berührte das taunasse Gras und fragte mich, warum ich nicht mein ganzes Leben auf einer Wiese verbracht hatte. Der schwarz glänzende Sihlsee rührte mich zu Tränen. Das häßliche Mehrfamilienhaus, wo ich vorhin geklingelt hatte, verwandelte sich in ein Schloss. Und erst die Sterne! Die Nacht! Der Himmel! Die laue, süße Maienluft! Danke, Kater Mufti! Danke, Friedrich Nietzsche! So beschränkt er war, euer Schüler, zuletzt ist ihm alles klar. Er weiß, was geschieht, und er sieht, was geschieht, und er lebt, was geschieht. Die Dinge offenbaren sich. Der Kosmos ist ein Kosmos-Museum, und mein Staunen so groß, die Erschöpfung so total, daß es mich auf Flügeln hinüberzieht in den ewigen Schlaf. Die Ränder verfließen – mein brechendes Auge und die Sterne und die Dinge sind nun eins und alles. Die Schöpfung nimmt mich auf, nimmt mich wahr, holt mich heim. Keine Grenze mehr, keine Teilung, »der Abgrund verwoben in sein schwebendes Entzücken«.

Manche sagen, es geschah am 28. Dezember 1888; andere sagen, es geschah am 3. Januar 89. Vielleicht geschah es am 1. Januar, da ein Erdbeben Turin erschüttert hat – wir wissen es nicht. Einige sagen, es geschah am Morgen, andere: am Abend. Verbürgt ist, daß es geschah und wo es geschah. Auf der Piazza Carlo Alberto. Mit dem roten Regenschirm kam Nietzsche von der einen Seite, von der andern wankte ein Pferd heran, es war vor einen schweren Karren gespannt, drohte zusammenzubrechen und wurde vom wütenden Kutscher mit der Peitsche geschlagen. Ich zitiere aus dem Bericht eines Zeugen: »Ein mit Gemüse voll geladener Wagen fuhr vorbei, gezogen vom Schatten eines wundenübersäten, ausgemergelten Kleppers. Nietzsche warf sich dem Klepper weinend an den Hals, küßte ihn und nannte ihn ›Bruder‹!«

Das philosophische Thier, dessen Nüstern nach innen witterten, preßte seine Lippen an die Nüstern eines Pferdes, das zusammenbrach. Außen war innen, innen außen, der tiefste Schmerz die höchste Lust, Gott Mensch Thier Kuß aus.

Aus. Ende. Das Nach- und Fortleben des Verblödeten erfolgte zuerst im klösterlich geordneten Tagesablauf von psychiatrischen Anstalten, dann zu Hause, bei Mutter und Schwester. Seine letzte Schrift hatte er auf eigene Kosten in vierzig Exemplaren drucken lassen. Über die Tatsache, daß er nun weltberühmt wurde, ein Bestsellerautor, war er göttlich entrückt. Gefressen habe er wie ein Tier, wird berichtet. Mit einem Kamm strich ihm die Mutter die Speisereste aus dem Schnurrbart. Keine Worte mehr. Lall- und Kriechstufe. Regression in den Knirps. Wiederkehr des ewig Gleichen. Manchmal haben ihn die Mutter und die Schwester ausgestellt - wie eine atmende Museumsfigur. Die Größen des Reiches kamen, um ihn zu beschauen. Sie wandten sich schaudernd ab, manche mit Tränen.

Wohin gehört sein Schirmsatz? Warum steht er in Anführungszeichen? Wir wissen es nicht. Ich vermute, es ist einer seiner letzten Sätze. Wer sich einem Pferd an den Hals wirft, läßt den Schirm fallen. So wird er auf der Piazza Carlo Alberto liegengeblieben sein - ein vergessenes Requisit, dessen blutrote Färbung offen läßt, ob es eine Tragödie war oder eine Komödie. Vielleicht hat sich Nietzsche an dieses Requisit irgendwann erinnert, vielleicht auf der Fahrt in den Norden, in die Anstalt, nach Hause. Er hat sich in Anführungszeichen daran erinnert. Einem Gott in Anführungszeichen ist in der Umnachtung ein Satz aus seiner Rolle eingefallen: »Ich habe meinen Regenschirm vergessen.«

Eine abschließende Anmerkung. In jener Unfallnacht habe ich an der Friedhofsmauer im höchsten Glücksmoment das Bewußtsein verloren. So erfuhr ich erst hinterher, daß mein Klingeln ein Baby geweckt hatte. Es begann zu weinen, die Mutter nahm es aus der Wiege und trat ins offene Fenster, um ihm die Brust zu geben. Da erblickte sie unten auf der Straße eine im Laternenlicht funkelnde Blutspur. Die Frau war die Tochter eines Försters. Ihr Mann war Metzger. Die Frau weckte ihn und sagte: Da muß irgendwo ein verletztes Tier liegen. Der Metzger nahm ein Messer, verließ das Haus und folgte der Blutspur, um das Tier abzutun.

Als Knabe habe ich gesungen: »Maria, breit den Mantel aus, mach Schirm und Schild für uns daraus«. Weder den Metzger, der mit gezücktem Messer auf mich zukam, noch die Madonna und ihr Kind im Fenster des Prachtschlosses habe ich gesehen. Vielleicht, ein schönes Vielleicht, sind wir beschirmter als wir ahnen.